清水洋一

KOTONOHA no CHIRIKAGO
Shimizu Youichi

俳句・短歌・詩

ことのは散り篭

Intool Books

ことのはの散り篭◉目次

俳句

春

花冷えや免許返して光るキー

四月一日《わたぬき》は名のみの今朝の霜の色

寝そびれて猫の声聞くおぼろ月

沈丁花苦《にが》き思い出受験の日

老梅や枝の曲がりに添いて咲き

顔掠《かす》め侘助《わびすけ》落ちて腰伸ばす

網を張る蜘蛛《くも》とひねもす日長かな

春《はる》雨《さめ》に泣き面おかし鬼瓦《おにがわら》

アスファルト割れ目に凛《りん》と土筆《つくし》立ち

雑草となりてヒナゲシ休耕田《きゅうこうでん》

風吹けど鳴らぬラッパのアマリリス

アマリリス咲いたと叫ぶ孫の声

ヒヤシンス春の女神のカール髪

芍薬《しゃくやく》を切らずに戻り妻と見る

夕凪《ゆうなぎ》に牡丹花《ぼたんか》ゆらす蜂の群れ

コロナ禍や一人《ひとり》静《しずか》の咲く小庭

風はらみマスクもせずに鯉のぼり

青き風四つ葉見つける子らの声

校庭にさざめき止《や》まず日《ひ》足《あし》延ぶ

山吹きの露を落として青蛙

八十年《はちじゅうねん》同じ藪路《やぶじ》にあざみ咲く

青すすき風の予感につんと立ち

ヤマボウシ咲きてありかの知れる山

泣きながら山茶花《さざんか》の道野球帽

さながらに乙女の血潮散り椿

落ちてなお色香《いろか》ただよう紅椿

覆《おお》いたるシート突き抜く茅《ちがや》の芽

廃屋《はいおく》の屋根にかしまし群雀《むらすずめ》

青梅を踏みつぶす音しっかりと

新緑のひとしお愛《いと》し八十路《やそじ》越え

蕗《ふき》味噌のことさら苦《にが》く風邪未《いま》だ

四十雀《しじゅうから》しきりに鳴く日友の逝《い》く

病む妻の寝息静かに五月闇《さつきやみ》

医者帰り枯葉しきりに竹の秋

新緑の山ぶちぬきて高速道

藤房《ふじぶさ》を天蓋《てんがい》にして庭を見る

三密を避けて子犬と芯桜《しんざくら》

金雀枝《えにしだ》の揺れて黄蝶《きちょう》の留《とど》まれず

啄木《たくぼく》の歌噛《か》みしめて矢車草《やぐるまそう》

夏

これ見よと燕舞い飛ぶ老いの背に

長梅雨《ながつゆ》や濁れる川の凄まじく

紫陽花《あじさい》や空き家の隅に丸く咲き

紫陽花《あじさい》を背にスマホ打つ女学生

蚊遣《かや》り焚き朝顔の花殻《はなから》つまむ

朝顔に水やる宵の遠花火《とおはなび》

闇睨《にら》み次の花火の音を待つ

夏雲の彼方に偲ぶ甲子園

蜩《ひぐらし》のふと泣きやみて妻を呼ぶ

誠実に生きて旱《ひでり》の去年今年《こぞことし》

鳳仙花《ほうせんか》はじかせ騒ぐ子らの声

山百合の香にむせびつつ山路越え
どくだみの花ひっそりと昼下がり
老いの坂蝉の抜け殻おちこちに
直ぐなるも曲がるも胡瓜《きゅうり》露に濡れ

里芋の葉からコロコロ銀の玉

子犬走り露飛び散らす蛇苺《へびいちご》

日の盛り燃えあがり咲く百日紅《さるすべり》

汗しとど四囲にみなぎる蝉の声

ジェット機の音に負けじとアブラゼミ
炎熱を向日葵《ひまわり》吸って吸いつくす
がっしりと向日葵の茎《くき》の太さかな
炎天下ぺんぺん草も撓《しな》垂《だ》れて

花氷《はなごおり》たちまち溶かす炎暑《えんしょ》かな

ビンの露浴衣《ゆかた》で拭《ぬぐ》う夕涼み

抜かんとし手にしたたかな夏の草

会うごとにこれが最後と西瓜《すいか》食う

空蝉《うつせみ》を引く蟻《あり》群《む》れに声を掛け

女子高生ほこり臭ささや夏姿

岩砕く白波さえも熱き午後

芙蓉花《ふようか》や三つ編み髪の影おぼろ

七変化恋のきず痕《あと》空の果て

夏祭り神輿《みこし》囃子《ばやし》を遠く聞く

鬼灯《ほおずき》を飾りて番茶盂蘭盆会《うらぼんえ》

一人《ひとり》居《い》に夜風の運ぶ盆踊り

つゆ草やむらさき色の虫の声

出迎えの月下美人や午前様《ごぜんさま》

色形《いろかたち》見比べしばし茄子《なす》を捥《も》ぐ

七夕の短冊《たんざく》睨み墨を磨《す》る

秋

吹き渡る野分けに傾《かし》ぐ案山子《かかし》かな

枕辺《まくらべ》に波音とどろ秋長《あきた》けぬ

土用波烏帽子《えぼうし》岩に疲れあり

縁側に病葉《わくらば》ひとついわし雲

スナックの女将《おかみ》老け込み吾《われ》亦紅《もこう》

滝見茶屋《たきみちゃや》濡れて涼しき残暑かな

彼岸花墓石《ぼせき》に沁みる冷気かな

墓石《はかいし》の隙間に野菊ド根性

七草や自分自分の秋の色

そここに蝉の骸《むくろ》や秋の風

秋の日の短きは山の裾あたり

赤萩に取り囲まれて忠魂碑《ちゅうこんひ》

しだれ萩いささか残る夏疲れ

虫鳴けば虫がこたえる一軒家

明かり消し闇にふくらむ虫の声

ふと虫の鳴き止《や》みて湯の煮たつ音

アスファルト落ち葉ころころ競い合い

踏切のススキ靡《なび》かせ相模線《さがみせん》

草むしる妻の背中の赤とんぼ

風寒し刈田《かりた》の畔《あぜ》の彼岸花

寺墓《てらばか》や地湧《じゆ》の菩薩《ぼさつ》か彼岸花

水たまり踏めば爆発いわし雲

モズの声ひときわ高く熟柿《じゅくし》落つ

いずことも知れず匂える金木犀《きんもくせい》

蟋蟀《こおろぎ》の声あるかなく壁の中

肌に沁《し》む夜更けの冷えや後《のち》の月

稲の花匂う夕風遠太鼓《とおだいこ》

木守《こも》り柿《がき》落ちて鋭き百舌鳥《もず》の声

枯れ柳さながら老女の洗い髪

すすき野に地蔵の笑みの見え隠れ

箒目《ほうきめ》の立つ境内や萩の花

どんぐりに躓《つまず》く老いの頼り無さ

秋深し喪中はがきがまた二枚

吹きすさぶ野分の先の相模灘《さがみなだ》

過疎村にフルート流れ女郎花《おみなえし》

風寒し稲架《はざ》に隠れて日向ぼこ

蟋蟀《こおろぎ》の骸《むくろ》払いて団子食う

コスモスの重なり倒れ嵐過ぐ

ある限り棺《かん》に押し込む菊の花

冬

捨てられし自転車に白し夜の霜

また一人友を送りて歳の暮れ

日向ぼこ霜解け庭に匂う土

ふとん干す養老院や寒の入り

透《とう》析《せき》終え背伸ばす友に冬陽射す

山茶花《さざんか》の舞い散るあたり陽の残り

歳の瀬や床屋となりて垣根刈る

注連飾《しめかざ》り吊るして仰ぐ明日の空

故《ゆえ》知《し》らず追われる如く歳の暮れ

ともかくも門松飾り大あくび

野良猫の後姿《うしろすがた》や初しぐれ

七草や流行り病《やまい》の厄《やく》祓《はら》え

病む妻に言葉詰まりてみかん剥《む》く

寒天に響くサイレン胸騒ぎ

風花《かざばな》の舞うバス停の枯れ柳

空しさと広さに疲れ冬の海

雪しんしん墓も車もおしなべて

なにもかも雪に包まる暖かさ

木枯らしが運ぶ鐘の音《ね》亡父《ちち》の声

北向きの小窓のつらら痩せる午後

星空や蛇口に凍結《とうけつ》避《よ》けを巻く

霜白く白菜白く妻寒し

木枯らしに日々《にちにち》細る干し大根

漁火《いさりび》を見守るごとく冬の月

霜《しも》枯《が》れの荒野に思う農の日々

新年や常の水さえ有り難く

小正月《こしょうがつ》沢庵《たくあん》漬《づ》けの匂う朝

捨てられず鉛筆削る炬燵《こたつ》かな

裏庭に白馬《はくば》のかたち残り雪

冬の雨ビニール傘に突き刺さり

如月《きさらぎ》や冷え固まりて靴の底

マンションの窓から遠く「鬼は外」

声ひそめ妻と二人の追儺《おにやらい》

霜柱《しもばしら》押上げ水仙きのう今日《きょう》

寒明けて病む友に書く見舞い状

日《ひ》陰《かげ》ぬけてマスクに温《ぬく》き冬《ふゆ》陽《び》かな

短歌

妻・家族

晩秋のねぐらへ帰る鳥の群れ
　われに妻あり一人待つらん

日々《にちにち》の予定書き込む妻のメモ
　明日の午前に「お墓掃除《はかそうじ》」と

先祖より伝えられたる盆飾り
鬼灯《ほおずき》を挿す妻の手痩せて

窓開けてお通じありと妻の声
快癒《かいゆ》祈りつ庭草を取る

病む妻の力衰え沢庵漬《たくわん》の
二切れ三切れつながるに泣く

入院の妻を思いて小夜更《さよふ》けて
沸《わ》かし冷《ざ》ましの白湯《さゆ》を飲み干す

薄き髪梳《す》く老妻の鏡台《きょうだい》の
隅の割れ目は若き日のまま

薬害に髪失《うしな》いて眠る妻
この静謐《せいひつ》のただ有り難く

竹の子の伸びる早さを妻と見る
あと幾たびぞこの驚きは

妻の名を山に叫びし歌人あり
われは呟《つぶや》く落ちる夕日に

亡き父がおりふし言いし人の道
わが子に説きて心忸怩《うらじくじ》たり

赤々と実る千両ガレージに
置くは嫁《とつ》ぎしわが娘らし

病む妻を赤子の如く介護する
娘は若き日の妻に似て

孫二十歳《はたち》ふり袖姿あでやかに
この愛《いと》おしさ何をか惜しまん

父母《ちちはは》が鍬鎌《くわかま》振るい守りたる
田畑のあとのモダン建築

他人《ひと》の手に渡りし畑に足運び
佇《たたず》みいたる亡父《ちち》を忘れじ

在《あ》りし日の母かとぞ思う炎天下
野良《のら》の草抜く小さき背中

友・懐旧

杖曳《ひ》きて去りゆく友の後ろ影
よろめく姿わがものと見る

久方に会う友と激しき口論す
詫びつつ悔いつ己《おの》が愚を責《せ》む

選挙戦理想を語り競《きそ》いたる
友旅立ちぬさくら散る日に

喜寿《きじゅ》祝う同窓会のまとめ役
頬の傷痕《きずあと》ありし日のまま

へだつとも会いて語ればたちまちに
昔に返る青春の友

皺面《しわづら》を染めてたけなわ高吟《こうぎん》す
「青い山脈」「長崎の鐘」

老いてなお誇り軒昂《けんこう》同窓会
神奈川県立湘南高校

冬晴れや友の訃報《ふほう》を告ぐメール
コロナ禍なれば家族葬とか

七十年《しちじゅう》経ちて変わらぬ蝉の声
　終戦の日のわれは九歳

地に生えて佇《たたず》み立ちて幾星霜《いくせいそう》
　神社の森の老いし楠《くすのき》

アルバムになお消え残る若き日の
　友の裏切りわれの偽《いつわ》り

大掃除手を止《と》めて読む古手紙
手元に日暮れ逼《せま》りくるまで

思い出し茶を点《た》て注《そそ》ぐ有田焼
絶えて久しき彼《か》の人は今

カステラより落ちしざらめを摘まみ取り
噛めば幼き日々の音する

アスベスト裁判告げる朝刊に
　猛烈に生きし若き日おぼろ

農《のう》に生きし遠き記憶を呼び覚《さ》ます
　店の野菜を愛《いとお》しく見る

在《あ》りし日の野菜畑はこのあたり
　偲《しの》ぶよすがも無き町の貌《かお》

老いの日々

昨日今日《きのうきょう》変わることなき老《お》いの日々
縁側《えんがわ》に出て足の爪切る

商店のウインドウに写るわが姿
老いの酷《むご》さを佇《たたず》み眺む

何事《なにごと》も無き日々《ひび》に飽《あ》き何事か
悩みを探す老いのあわれは

物忘れ日々に募《つの》るを喜べり
この世の未練日々《ひび》に薄らぐ

八十路《やそじ》過ぎ喜怒哀楽《きどあいらく》の波なくて
赤子《あかご》の声を有り難く聞く

捨てんとし書架《しょか》に向かいて何もかも
ただ懐かしく手も足も出ず

終活《しゅうかつ》は己《おの》が人生《いのち》を捨つること
我にはできず誰《た》にか託さん

他人には何の価値無きがらくたを
惜しむ終活業《ごう》の深さよ

資源ごみ出す日に備え文殻《ふみがら》を
括《くく》らんとして躊躇《ためら》い惑《まど》う

眺めいればふぃと夕日の沈みけり
時という手が引き落とすごと

誰がために咲くや深紅《しんく》のアマリリス
神の御業《みわざ》か仏の愛か

枯草と紛《まが》う擬態《ぎたい》の蟷螂《かまきり》の
生き抜く知恵は誰《た》が教えしぞ

風わたる野ずらの果ての吾亦紅《われもこう》
われも生きたしかく慎ましく

枯れ葉焚くけむりと炎《ほのお》と白き灰
諸行無常《しょぎょうむじょう》をまざまざと見る

木枯らしの勢いさらに増す夜更《よふ》け
屋根《やね》木々鳴らし虎落笛《もがりぶえ》吹く

夕闇の公園に来てブランコに
座せば過ぎ行く時の音する

ツバメ去り軒端《のきば》に残る巣のあたり
一期一会《いちごいちえ》の厳しき静寂《しじま》

さくら花根本《ばなねもと》に死人《しびと》あるという
文人《ぶんじん》の辞《じ》を肯《うべな》いて見る

人の世もかくありしかと織布《しょくふ》見る
互い違いの縦横《たてよこ》の糸

功無くて普通に老いる有り難さ
事故にも遭《あ》わず罪も犯さず

つれづれに

つれづれに歌詠《うたよ》まんとて筆とれば
過ぎし日のこと亡き人のこと

洗濯のポケットに残る紙の玉
かの夜の宿の苦きしこりか

春四月学生の群れ溌剌《はつらつ》と
われに消えざる悔いの残り火

稲架《いなが》過ぎにわかに寒き日暮れ風
懐《ふところ》に這《は》い背に纏《まと》いつく

投票率四十パーセントを告げる声
貴《とうと》き権利知るや知らずや

三密を避けるではなく人の世の
三密がわれを避ける寂しさ

廃棄物《はいきぶつ》環境破壊の声高く
手押し車の荷台繕《つくろ》う

桜見る会はめでたく良きものを
汚《けが》す醜《みにく》き人の欲得《よくとく》

スキャンダル民主主義とは便利なり
　政治家選びし責《せ》めは国民

資源ゴミこれでいいのか集積所
　まだ新しき物の溢れて

砂利道の大きな石を選び踏み
　家路へ向かう秋の日の午後

ひたすらにただひたすらに杉の木は
天に向かいて傾斜地に立つ

それぞれの今日の終わりを詰め込んで
眠れぬ夜の終電の音

わが名前刻むは蓋《けだ》しこの辺《へん》と
掃除すませて墓碑銘《ぼひめい》を拭《ふ》く

目標は卒寿《そつじゅ》と言いし友の声
耳に残りて手のひらを見る

訪《と》う先も来る人もなく歳の暮れ
妻と二人で残照を見る

相模灘《さがみなだ》はるかに聳《そび》ゆ富士の山
天の恵みかわが故郷は

旅

大洗《おおあらい》磯崎《いそざき》神社額《ぬか》づきて
病魔厄除《やくよ》け妻と祈らん

洛北《らくほく》の川床料理《かわどこりょうり》蝉しぐれ
古偲《いにしえしの》び水音を聞く

川船《かわぶね》は連なる岩をすり抜けて
水しぶきあぐ秋の保津川

城のごと山門迫《せま》る南禅寺
大盗人《おおぬすびと》の見栄《みえ》の名残りか

秋津洲最西端《あきずしまさいせいたん》の朱鳥居《あけとりい》
磯の飛沫《しぶき》を祓《はら》い水とし

回天《かいてん》の偉業の濫觴《らんしょう》ここにあり
功《いさお》輝く松下村塾《しょうかそんじゅく》

宮島や驕《おご》る平家の夢の跡《あと》
何を語るか海中の朱門《もん》

憂国《ゆうこく》の若人《わこうど》の意気消え残る
明倫学舎《めいりんがくしゃ》の赤き甍《いらか》に

炭鉱に栄《さかえ》し都市《とし》の亡骸《なきがら》か
幽霊船のごとき端島《はしじま》

巨大なる宝石箱か御神輿《おみこし》か
言葉奪われ陽明《ひぐらし》の門

藁屋根《わらやね》の店連《つら》なりて懐かしき
大内宿《おおうちじゅく》は丸ごと昭和

そそり立つ奇《き》岩《がん》仏《ほとけ》の形《かたち》して
仏《ほとけ》ケ《が》浦《うら》に亡き人を憶《おも》う

山風と海風通《かよ》う五能線《ごのうせん》
培《つちか》う人と漁《すなど》る人と

武家屋敷加《か》賀《が》宝生《ほうしょう》の謡《うた》流れ
百万石の昔恋しき

犀川《さいかわ》に晒《さら》す友禅色《ゆうぜんいろ》冴《さ》えて
いずこの女人《ひと》の肌に纏《まつ》わる

紅葉《こうよう》を背に平和像どっしりと
見守る空に長崎の鐘

恋慕《こいした》う人の吐息《といき》か石 畳《いしだたみ》
オランダ坂に霧雨《きりさめ》の降る

東西の文化を繋《つな》ぐボスポラス
歴史は重し悠久《ゆうきゅう》の時

千年の栄華の都ビザンチン
大聖堂とブルー・モスクと

巨大なる蟻塚《ありづか》さながら灰の塔
カッパドキヤは古人《こじん》の住処《すみか》

詩

スズメ

スズメ　スズメ
ソコカ　ココカ
ソワソワ　ビクビク
タベモノアルカ
オチツケ　スズメ
ヒトリカ　スズメ
カゾクハイルカ
スキナヤツイルカ
オマエモオクビョウ

大樹

どっしりと茂る
大樹をかかえる
強く堅く逞しい
木肌は冷たく震えずに立つ

子猿のように登り
上手な遊びをしたいが
太すぎて手におえない

足元の山野草は
幾分かの木漏れ日に
可憐な花をつけている

測り難い風雪を
土の中で深く沈黙する根
幹も枝も大きく手を広げ
さわさわと梢が揺れている

揺れているのは私
明日のためにここちよい不安
時は止まらず
黄昏の黒い影は長く伸び
昔日の幻を覆っている

銀杏《いちょう》

春はいっぱいに葉をのばし
幹をみどりでおおっている
夏は色濃くしっかりと
日陰をつくってくれている
秋は金色に葉を染めて
小鳥のように翔んで舞う
冬はまったく裸木《はだかぎ》で
表皮にしわよせて立っている

一年　二年　そして幾年か
季節を何度も繰り返し
幹は太くなっていく

今日も古寺の銀杏の葉が
夕日にキラキラ光っている

時が過ぎていく不思議さ
時が止まらない不思議さ
四季がめぐっている不思議さ

点と私

都会の高いビル
休憩時間に
窓の外を見る
私の目の高さに
トンビやカラスやスズメがいる
うらやましいほど
すいすいと
思いのまま飛んでいる

窓の下は
樹も道も車も人も
華やいだ街も

模型の箱庭のようだ
籠の中にいるのは私
日が沈む頃
あの箱庭の中へ
私は点で消える

旅立ち

朝夕の色のない風は
魂を抜き取るように淋しい
知らぬ間に
あたりは無彩色に染められた

あなたは遠いところに
旅立たれた
いつかそうなること
その日が来るであろうことは
わかっていた
だから
穏やかに受け止められると

思っていた……
特に用件はなく
毎日耳元で聞いた
他愛もない会話
それが私には生きるエネルギーだった
勇気が湧いてくること
心がはずむことだった
やさしい声が好きだった

それが「プツン」と切れてしまうなんて
大きな忘れ物を
突然思い出したような
当たり前にあった景色が

突然消えたような
冷たい焦燥《しょうそう》と虚脱が全身を覆いつくす

残ったものは何かないか
思い出の中に何かないか
あるかもしれない
あるはずだ
でも今はそれを探す力さえない
私は抜殻《ぬけがら》になった
色がなく匂いも音もなく
悲しささえもない
何もない日々《ひび》が始まった

父

春雨に
時おりの強い風
大樹が静かに朽ち折れた
九十六歳の天寿の終焉《おわり》

働き通した生涯
弱音を吐かない
気丈で頑固
土の匂いのする
家族思いの小柄な父だった

一服というゆとりはまるでなく

走り続けた
貧乏を恐れ
倦《う》まず弛《たゆ》まず前へ前へと進んでいった
それは何かに追われている姿にも見えた

有り難うと
どれだけ感謝の気持ちを
伝えたろうか
どれだけやさしさと温かさを
捧げたろうか
胸は悔いと自責に煮え返り
空しさと寂寥《せきりょう》に沈潜する
わが心は暮れ落ちる日とともに
山の向こうに引きづり込まれそうだ

惜しみなく体を使い
無駄を嫌い
冥利《みょうり》を忘れない
直向《ひたむ》きで真摯な姿は
あなたが残してくれたたしかな遺産だ

母

いつもきまって
日の出とともに起き
来る日も来る日も
畑の手入れに精を出し
ただ黙々と草むしりする
母でした

手を止め
たまに呟《つぶや》こうとし
言葉をつまらせ
飲み込んだ

夢や希望はあったのだろうか
不平や不満はなかったのだろうか
華やかさとか気どりとかとは
まるで無縁の人だった

病にたおれてからは
何羽も何羽も鶴を折り
時を惜しむように
書物をむさぼり読んだ

わが庭の
紅葉《もみじ》かがようその朝《あした》
落葉せぬ間に友を呼びたし

母の最後の歌でした
煙と花の向こうの小さな扉の中に
いつでも私の母がいる
野菜と土の好きな
母でした

柿田川

飴のように
ガラスのように
すき透る
冷たさが盛り上がり
尽きない水汲みの営み
底から冷気が押し上がる
水魔のようで薄気味悪い
清すぎる恐怖感に
落着きを奪われるが
玲瓏《れいろう》とした明鏡は
私の心を写している

夏休み

夏休みが始まると
子供たちが集まってきた
環境がかわっても
遊びに夢中だ
疲れを知らずにはしゃぎまわる
小さい孫はいつも母親に
しっかりとつかまっている
私は風呂で相手をした
これがなかなか楽ではない
やがて
盆が過ぎ
それぞれの家に帰っていった

静けさが戻り
ほっとしたような少し淋しい
部屋に忘れていった玩具や紙風船がある
シャボン玉遊びの残りもある
手に取って「フー」と吹いてみる
大小の宝石になって飛んだ

距離

隣の芝生はきれいだという
近づくと雑草もあるけど

遠くの舟の帆が白く輝く
近づけば汚れた灰色かも

夜空に煌《きら》めく星
眩《まばゆ》いばかりの宝石

よく見ればただの物質
分子原子の集合体

美しい距離って
あるんだろうか
あの人の距離はどのくらい
なんだろうか

みんな仲間

この世のありとあらゆる存在は
すべて仲間
だってそうでしょう

巨大な岩石も
粉々に砕けばただの砂粒
深紅な大輪の薔薇も
枯れればただの塵あくた
トラもライオンも
ゴキブリもダンゴ虫も
みんないつか死んで宇宙のゴミ

この世に変わらないものはなく
この世に死なないものもない
万物流転《ばんぶつるてん》＝パンタレイ
諸行無常《しょぎょうむじょう》諸法無我《しょほうむが》

だからこの世のあらゆるものは
みんな仲間でみんな親戚
仲よくしなくちゃ

潰す

梅雨明け
雨が止み
蒸し暑い午後

久しぶりに昔の仲間に会う
昔のまんまの喫茶店での待ち合わせ
定年ははるかな昔
することもやることもなくなった三人
義務も責任もなくなった三人
一杯のコーヒーに漫然と
時間を潰《つぶ》し生を潰す

何かを感じたい
喜怒哀楽なんでもいい
マイクを掴み
精一杯歌ってみる
人の歌に拍手し大声で笑う
空々しい虚脱
たちまち
沈み込むような静寂《しじま》が戻る

西日が路地に忍び込んでくる
一日が終わる
とにかく一日を潰した
律儀に自分の生を潰した

少し高いところ

海原の向こうに
小富士のような島がある
陽春の光はあたりを
ゆるめている

手前は畑を耕す農夫
弁当持参で働く
線路工夫は
ツルッパシを振り上げ汗を流す
海と線路の間に道路がある
セールスマンが急ぐ
父子づれがゆっくりと歩く

赤いサンダルの少女が海を見ている
海では漁船が煙を上げて
魚を獲《と》っている

少し高いところにいると
なぜかおだやかに心が広がる
さらに遠いところに
白い雲が浮かんでいる

数

手の指で
一、二、三、四、五、六、
……九、十
足の指
一、二、三、四、五、六、
……九、十
指が足りなくなった
頭で
一、二、三、四、五、六、
……………
どこまでも数は続く
無限に続く

あっ　間違えた
どこまで数えたかわからなくなった
指があるだけにしとけばよかった……
のかな？

音と声

ずーと昔
音と声が同じに聞こえた
音の中に声があり
声の中に音があった

哀しい音もあったし
木槌のような声もあった

音って何だ
声って何だ

鐘の音は声じゃない

虫の声は音じゃない
モノの出す声が音で
生き物の出す音が声か

しかし
音の中にも喜怒哀楽があり
声の中にも無味乾燥がある
だから
音と声は同じ「音声」でいいじゃないか

大地の少女

大地は茶褐色にひろがり
茶毛の乳牛が静かに立っている
少女は地面に腰をおろし
乳房《ちぶさ》をしっかり握りしめている
搾乳する少女は茶髪が縮れ
無造作に腰にまいた布のほかは
身に着けているものは無い
布も肌も大地も牛も
すべてが茶褐色
桶にたまる牛乳の白さと
少女の澄んだ目が涼し気である

同じ大地の異なるところでは
景気の良し悪しや
ドルや円の高い安いが問われ
民族の紛争はやまず
テロによる人質の事件は続いている

同じ時間が刻まれている
あどけない少女に
時を告げるものなぞいらない
経済戦争や商業主義の言葉はもういらない

何を考えているのか
気がかりであるが
土に根をおろし

植物のように生きている
けなげな少女の
目は輝いていて可愛い

待つ

今度会う場所と時間
確かに決めた
飛び石を足速に
ピョンピョンと
道草せず走って来い
切ない不安の浮き沈み
空しい充実感
軽いゲームが重い
夢の鬼ごっこ
せっかちな子供の大人
風が春を嗤《わら》う

涙

人は産声から始まって
何もかも泣いて表現し
泣き泣き育った

人の泣き声から
自分が見えた

泣くことは恥かしい
長い時間がたって
涙は出なくなった

だが

無くなりはしなかった
塵のかぶった何処かで
産声を懐かしがりながら
生きている証《あかし》を
何度となく飲み込んでは
人は泣いている

ハンカチ

昔のある女《ひと》
会うたびにハンカチくれた

汗ふき
汚れふき
涙ふき
……恥ふき

ハン分ケチ
ハン分カチ

どちらだったか

それとも別れる時の準備だったか
すでに遠い日の思い出の女

過ぎし日を拭うには
小さすぎるハンカチ

秋のためらい

秋の日の風は
日ごとに色づく木の葉を
寂しく美しく散らす

人恋しさは年とともにいや増す
まだ燃えきれぬ火種が風にくすぶり
ためらいが
一歩の踏み出しを拒んでいる

生きることは楽しむこと
錆びつくまま時に任せるか
擦り切れるまで使い切るか

冒険の醍醐味《だいごみ》が好奇心を蠱惑《こわく》する
ためらいの風が吹く
得ることより失うことが多いと言う
善い人でいたい現状維持
理性という名の臆病風

ゆるやかな秋の風
また一つ紅色の葉が落ち

ブラックホール

一筋
光が走る
姿の存在を示すだけの
あたりは黒々と奥深く
それをも否定する
垂れこめる恐怖に
すべてが己を失う

生命の交代に
必要であったものたちが
ためらいもなく悲しみもなく
破片になっている

意味なく散らばっている
いまが始まりか
すでに終わっているのか
無窮の闇に差し出した掌《たなごころ》に
触れるものなどない
白髪《しらが》の落ちる音も
不思議で不気味

存在は
光に向かって振り向かない
暗黒を制覇する瞬間さえ
状態は
光に向かって振り向かない
充満する嫌悪におののき

やがて
すべては吸い込まれていく
光と暗黒の隙間に
真っ赤なものが走った

杖

歩み重ねて来た歳月
でこぼこ道
風雪に耐え
美しいものに感動し
にがにがしいもの
よこしまなことに激怒し
喜怒哀楽を演じ
躁と鬱との二人づれでした

自問自答する

この世に何ひとつ不必要なものは

存在しないと
生活は平凡ですか
陽が当たっていますか
喜びを感じていますか
「わが世とぞ思う」と胸をふくらませますか
「もういいんです」と投げてしまいますか
面白い楽しいと楽天家になれますか
スイートピーや罌粟《けし》の花に
道芝や雑草のことを話しますか
悔いのない人生
本当の幸せって何ですか

お先真っ暗
手探り摺り足

顰《しかめ》っ面
どうにもならない
前進する丈夫な杖を貸してくれませんか

呪文

春はうららと
花も蝶も楽しく遊び
すべてのものが
燃え上がる最上となり
けだるくのびていった

夏は真っ赤な太陽を浴び
情熱が滾《たぎ》り
岩をも砕く波のように
激しくしぶいた

季節は日ごとに温度を下げ

艶を薄め
瞬く速さで
茶褐色を運んできた

天空は青く深い
風は埃を巻き上げ
視界を阻みながら
人は咳き込み胸を抑える

普通に歩いてきた径《みち》
罪を犯した自覚はなく
四季のいたずらか
いつしか
疲労を募らせている

拾う小石が指に冷たい
叫ぶか
無視するか
残る仄かな焔《ほのお》に
呪文する

寝ている不眠

床からぬけでる
街灯もねむそうな
にぶいまばたき

潮騒
打ち寄せる音に
神経を逆撫でされる

星は遥かに遠く
別世界の煌《きら》めき
素直についてくる月

頬を撫でていく風
病みの霊気
暗澹がせまってくる
虫がどこかで
悲しさを鳴く

幸せ過ぎる疑問
余計な疑いの事実
混ぜかえす勝負の果て

起きているようなねむり
寝ている不眠
脈拍がきざむ冷たさ
別宇宙でみられる夢

白々とけだるい夜明け
鳥の声が澄んで刺す

ド根性草

カンカン照りの炎天下
コンクリートの隙間から
雑草《あらくさ》が顔を出し
小さな花を咲かせてる
いったいどこから飛んできた

狭《せま》っ苦しくはないのか
水はあるのか
暑くはないのか
親はどうした
仲間はどうした
何をめざして頑張っているんだ

何も考えちゃいないんだな
ただ漫然と生きてるんだな
人に嫌われむしられるのに

しかしまあ
それでいいんじゃないかな
仕方ないいんじゃないかな
だって
なぜ必死に生きるのかなんて
誰もわかっちゃいないんだから

雑草《あらくさ》よ
お前はお前のド根性で
今日も頑張って生きろよ

相模川

はるかなはるかな昔から
流れ続ける相模川

岩を転がし砂を巻き上げ
数多《あまた》の流れを受け入れ
塵あくたを飲み込み
休みなく弛《たゆ》みなく
大地を潤《うるお》し草木を育《はぐく》み

ひたすら下へ下へと
当たり前に流れ続ける相模川

昨日の水は今日は無く
今日の水は明日は無く
同じ水には二度と会えない
一《いち》期《ご》一《いち》会《え》の水の流れ

何もかも流れに乗せ
海に注いで役目を終える

はるかなはるかな未来まで
あくなく流れ続ける相模川

あとがき

「古今和歌集」の選者の一人である紀貫之《きのつらゆき》は、同和歌集の仮名序《かなじょ》の冒頭で「やまとうたは、ひとのこころをたねとして、よろずのことの葉とぞなれりける」と記している。そして人間生きていればいろいろなことがあり、心に思うことや見たり聞いたりしたことを言葉にするもので、それが「歌」である、と説明している。

ここでいう「歌＝やまとうた」とはむろん「ことのはの道＝和歌」のことであるが、思ったことや感じたことを言葉にするには他にもいろいろな形、たとえば俳句や川柳、詩や随筆さらには物語などがある。わけても、わが国では長い歴史の中で育まれ洗練された独特の文芸形式である俳句や和歌（短歌）は、性別・身分・地域・時代を超えて広く親しまれ、現在にまで伝承されてきている。

といったような前置きをさせていただいた上で、実は私も鈍感無才の朴念仁《ぼくねんじん》とはいえ、一人の人間として人との交わりや自然の風物に接して「思うこと、感じること」はあり、それらを還暦を過ぎるころからか、手元の反故紙《ほごし》などに俳句・短歌・詩といった形にして書き散らし、机の下や本棚の隅などに貯めるともなく積み上げきた。

とはいえ、私は俳句や短歌を学んだことも先達《せんだつ》に教えを乞うたこともないド素人の門外漢で、詩についても同好の仲間と多少の勉強会めいたものを持ったとはいえ、門に足を踏み入れたといった程度の段階で詩の体裁を整えることさえままならない状態にある。

そんな私が、このたび「ことのはの散り篭」などと銘打って文集を出すに至ったのは、一言で申し上げれば、八十路も半ばに達し、物心ともに身辺整理をしなくてはならないと思い至ったからにほかならない。物はともかく、心の断捨《だんしゃ》離《り》は他人に任せるわけにはいかない。そこで、近年になって気の向くままに詠んだ俳句・短歌・詩の中から気に入ったものを拾い出して一冊にまとめ、残余はさっぱり処分してしまうことにしたのである。

もとより、作品の程度は人様にお見せするような代物でないことは重々承知している。貫之の言葉を借りれば「うたとのみおもひて、そのさましらぬなるべし＝どんなものでも歌だと思って、歌の本当のさまは知らないのだろう」と言われるようなものである。

ともあれ、恥じらう自分を抑え込んで過去の「ことのは＝言葉」を整理し、「散り篭」に納め得たことは、つかえていた気がかりが取り除かれたようで、私なりに穏やかな安心を得ることができた。縁あって本書を手にしてくださった方には、老耄《ろうもう》のわがままの所産とご容赦願いたい。

なお、上梓《じょうし》に当たりご支援いただいた方々、とりわけ終始励ましとご懇篤なご指導をいただいた畏友《いゆう》にして作家の窪島一系氏に、深甚なる謝意を表する次第である。

令和三年七月

清水洋一